雪のうた

雪よ　わたしがすることは運命がわたしにするのかもしれぬこと

雪舟えま

雪の日の観音開きの窓を開けあなたは誰へ放たれた鳥

服部真里子

鳥の絵のくすり箱からとりだして雪の匂ひの目ぐすりをさす

木下こう

雪の香をかすかに帯びて闇ありぬ春の配電盤を開けば

大辻隆弘

待たせてたはずなのにもらうミルクティーこの雪はきっと積もってしまう

神野優菜

雪が降る　のを喜んでいるコマのチャーリーブラウンの短い手

左沢森

体温計くわえて窓に額つけ「ゆひら」とさわぐ雪のことかよ

穂村弘

もう！こんなときに！と受話器殴りとれば雪が降るっておしえてくれる

伊藤紺

セーターを着ればそこから明日までに20センチに達するでしょう

佐クマサトシ

雪風の吹きすさぶ夜のキッチンに蜆《しじみ》のうちあくる出生譚

渡邊新月

雪に音階あるものならばいま高いシのあたり　熱い紅茶を淹れる

鈴木加成太

外に降る雪の様子はみてるからあなたは鍋の様子をみてて

岡本真帆

二階から降りてくるこの足音はまだ降る雪に気づいていない

郡司和斗

パルミジャーノレッジャーノ雪のようにふるトマトソースの原野にひとり

戸田響子

笑ひながら生きてゆかうよ雪の日にでつかい塩のジェラートなめて

秋月祐一

ですます調で歩いていつた雪原のわたしは向かふところ敵なし

佐原キオ

雪山を裂いて列車がゆくようにわたしがわたしの王であること

安田茜

六面のうち三面を吾にみせバスは過ぎたり粉雪のなか

光森裕樹

まひるまにほろほろと雪　生きている意味などすっ飛ばして生きたい

柴田葵

雪に傘、あはれむやみにあかるくて生きて負ふ苦をわれはうたがふ

小池光

君に会いたい君に会いたい　雪の道　聖書はいくらぐらいだろうか

永井祐

雪の染みた靴から君が伸びている　そんな顔で笑うやつがあるか

榊原紘

心臓を心臓めがけ投げ込むとぴったり抱きしめられる雪の日

谷川由里子

少し遅れてあなたは笑いながら来る　あわゆきの降る睦月が終わる

竹中優子

またミラーボールのなかで眠るから雪が降ってもおこさないでね

藤本玲未

アラビアに雪降らぬゆえただ一語ثلج《サルジュ》と呼ばれる雪も氷も

千種創一

ねえ、きみを雪がつつんだその夜に国境を鯱はこえただろうか

正岡豊

東京の人は知らないだろうけれど雪はときどきひかるよ、青く

くどうれいん

ふるさとの雪で漁船が沈むのをわたしに告げて電話が終わる

吉田恭大

いもうとの町にはつ雪　孤独とはきみが代はりに死ねぬことだよ

吉田隼人

（ぼくたちは全ての物語の模倣）雪の降る日に手をつないだの

山中千瀬

人生はひとつらの虚辞ふる雪の降り沈みゆくまでを見守れば

内山晶太

きみが雪だるまを壊す柔らかい手つきに宿る倫理の歴史

谷川電話

嘘をつくたび雪の降る街のあること幼な子に教える窓辺

土井礼一郎

きみには言葉が降ってくるのか、と問う指が、せかいが雪を降りつもらせて

井上法子

声のない世界で〈海だ〉と僕は言う　きみは〈雪だ〉と勘違いする

青松輝

雪つぶてひとつひとつに顔がある森を抜けても私だろうか

北山あさひ

もういいよわたしが初音ミクでした睫毛で雪が水滴になる

初谷むい

夢のなかにいつか棲みつきし人をりて雪ふれば冬の表情をもつ

栗木京子

さようならが機能をしなくなりました　あなたが雪であったばかりに

笹井宏之

かじかんだ手に手をのばす生きてれば何回だって初雪は降る

乾遥香

冬の井戸　こんなにつめたいまばたきにこころのとてもとおくから雪

小林朗人

吹雪の日は望遠鏡にいるようで白さの中に人吸われゆく

北辻一展

会えないことが雪みたいできれいだった　夜の住宅街を歩いた

絹川柊佳

雪の夜、太郎は次郎の墓へ行き、たった二行の詩を朗読した

千葉聡

そしてまたマリンスノーは龍宮の太郎を眠らせ太郎の屋根に

枡野浩一

暗やみにふればしばらく明るみて雪の最期は溺死か焼死

藪内亮輔

ではなく雪は燃えるもの・ハッピー・バースデイ・あなたも傘も似たよ
うなもの

瀬戸夏子

音楽のやうに今宵はかへるかな罪はむらさき雪はあはゆき

紀野恵

頭の中で気になっていることがある　小さく大きく雪は降りだす

阿波野巧也

もう二度と止むことはないのでしょうか、博士。超能力で降らせた雪は

はだし

雪の朝　絶対なんてないなんて言うそれはもう真っ白な息

笠木拓

浴槽に降り積もる雪　うつくしいのは生活をあきらめたから

田村穂隆

うちに来る？いいよティッシュというティッシュすべて雪になってもいいなら

上坂あゆ美

きみが死ねばぼくは悲しいから雪の原野に海老の天ぷらを置く

石井僚一

ふれた途端雪はゆきへと輪郭を失い言葉もたざる水よ

辻聡之

ふるえつつふってくるゆき手にうけてきみの乳歯をみたことがない

平岡直子

雪道で転んだわたし・駆け寄った事務室の人　ふたりはパート

山川藍

コピー機をコピーにかける夢をみて覚めれば外はいちめんの雪

西村曜

新雪に残る誰かの足跡が来たのはあるけど帰るのは無い

島楓果

珈琲にわたしが映る希求なきさみしさは雪の朝のきらめき

石畑由紀子

留守番をしている朝の庭に出て雪と雨との境界を見る

竹内亮

好きだから許してなんて言えなくて　地面につけば雪だったもの

中村森

いちめんの雪　死んだひとにあいたい　いきてるひとにはいきててほしい

橋爪志保

頬の雪はらいてくれる指先をたとえば愛の温度と思う

俵万智

いつのまに信じられなくなったのかフロントガラスにとけるだけ　雪

江戸雪

白ければ雪、透明なら雨と呼ぶ　わからなければそれは涙だ

鈴木晴香

遠い嫉妬がわたしのものになる雪の匂ひと思ふ肩を抱きつつ

魚村晋太郎

逃げてゆく君の背中に雪つぶて　冷たいかけら　わたしだからね

田中槐

いいよ　息をしていていいよ　真夏にもあなたをつつむ雪ふらせたい

田丸まひる

君がゐる精神世界には雪が降りつつ僕にやさしい五月

黒瀬珂瀾

目の中にふる雪を見ている僕の中にふる雪をみていろよ猫

早坂類

降ったけど積もらなかった雪みたいなことも言えずに湿った道路

佐伯紺

もう一度雪が降ったら雪の獅子つくってあげるそれでおしまい

我妻俊樹

雪まみれの頭をふってきみはもう絶対泣かない機械となりぬ

飯田有子

雪はまず車のうえに積もりだす　車のうえにしずかに雪は

鈴木ちはね

夕方の吹雪はわれらを隠したり父の車で父を運びぬ

岡崎裕美子

死ぬ気持ち生きる気持ちが混じり合い僕らに雪を見させる長く

堂園昌彦

ぼくなんかが生きながらえてなぜきみが死ぬのだろうか火に落ちる雪

木下龍也

君とした雪合戦のあの雪の白さを超えるものはまだない

天野慶

猛烈な春の雪です　あなたたち淋しいのならまみれておいで

東直子

求めるだけならけものと同じ　はるのゆきを端から踏んで水にしており

立花開

雪になれば雪の話をしたかったモッズコートに包む心臓

法橋ひらく

犀ねむる雪のくさはらあきらめることを強さに変へたくなくて

山田航

クリームを雪に喩えて飾る日の雪になれない嘘あたたかい

toron*

町の雪は埃を孕みゆくほどにきらきらと降る　もうゆるそうか

牛隆佑

人が嫌いで人が好きだな降る雪に手を差し伸べてしまう感じに

岡野大嗣

あなたがせかい、せかいって言う冬の端　二円切手の雪うさぎ貼る

笹川諒

見えるっていうそのことが美しい降る雪のみな落ちゆく朝に

吉岡太朗

われの生まれる前のひかりが雪に差す七つの冬が君にはありき

大森静佳

晴れた日は晴子、雪降りなら雪子　生まぬ子の名を考えており

田宮智美

そのなかに自分が入っているようなギターケースの黒革に雪

小島なお

どこもかしこもひかりに濡れて私の奥に雪降らせるクリスマス

荻原裕幸

トナカイのからだに雪を嗅いでいるガラスケースに手紙を伏せて

錦見映理子

にせものの詩人の手にも雪は降りみんなみんなほんもののにせもの

上篠翔

夕焼けを削る赤から青までの鮮やかな雪、死は消えていく

永井亘

にんげんが滅んだあとに降る雪のなんの比喩にもならない白さ

スノードームの雪が降り止むやうに世は消え、音のなきスタッフロール

川野芽生

その町の雪のふかさをある年の葉書に知ってそれきりの町

丸山るい

門口を通り過ぎれば昨晩の雪はひかりに変はつてゐたり

飯田彩乃

著者紹介・出典　掲載順

❄……………………………………

雪舟えま　ゆきふね・えま

一九七四年生まれ、北海道出身。小説家としても活動。歌集に『たんぽるぽる』『はーはー姫が彼女の王子たちに出逢うまで』『緑と楯　ロングロングデイズ』。小説『タラチネ・ドリーム・マイン』『プラトニック・プラネッツ』『緑と楯　ハイスクール・デイズ』、絵本『ナニュークたちの星座』、日記集『地球の恋人たちの朝食』など著書多数。

P.3　雪よ　わたしが～

『たんぽるぽる』（短歌研究社）

❄……………………………………

服部真里子　はっとり・まりこ

一九八七年生まれ、神奈川県出身。第二四回歌壇賞受賞。歌集に『行け広野へと』（第二一回日本歌人クラブ新人賞、第五九回現代歌人協会賞）『遠くの敵や硝子を』。

P.4　雪の日の～

『行け広野へと』（本阿弥書店）

❄……………………………………

木下こう　きのした・こう

歌集『体温と雨』を二〇一四年に砂子屋書房より刊行し、二〇一九年に同作の新装増補私家版を刊行。

P.5　鳥の絵の～

『体温と雨』（私家版）

❄……………………………………

大辻隆弘　おおつじ・たかひろ

一九六〇年生まれ、三重県出身。短歌結社「未来」理事長・編集発行人・選者。宮中歌会始選者。歌集に『水廊』『抱擁韻』（第二四回現代歌人集会賞）『デプス』（第八回寺山修司短歌賞）『景徳鎮』（第二九回斎藤茂吉短歌文学賞）など。評論集に『アララギの脊梁』（第一二回島木赤彦文学賞、第八回日本歌人クラブ評論賞）など著書多数。

P.6　雪の香を～

『抱擁韻』（砂子屋書房）

❄……………………

神野優菜　こうの・ゆうな

一九九九年生まれ、福岡県出身。『九大短歌』第七〜十四号に寄稿。

P.7　待たせてた〜

『現代短歌』二〇二一年九月号（現代短歌社）

❄……………………

左沢森　あてらざわ・しん

一九八五年生まれ、山形県出身。第五回笹井宏之賞大賞受賞。ブンゲイファイトクラブ3優勝。

P.8　雪が降る〜

『ねむらない樹』vol.6（書肆侃侃房）

❄……………………

穂村弘　ほむら・ひろし

一九六二年生まれ、北海道出身。「かばん」会員。第四四回短歌研究賞受賞。評論、エッセイ、翻訳、絵本など多ジャンルで活動。歌集に『シンジケート』『ドライドライアイス』『手紙魔まみ、夏の引越し（ウサギ連れ）』『ラインマーカーズ』『水中翼船炎上中』（第二三回若山牧水賞）。短歌評論集『短歌の友人』（第一九回伊藤整文学賞）。エッセイ集『世界音痴』『もしもし、運命の人ですか。』『鳥肌が』（第三三回講談社エッセイ賞）など著書多数。雑誌『ダ・ヴィンチ』での短歌投稿連載「短歌ください」では、長期にわたり後続の歌人を多数輩出している。

P.9　体温計〜

『シンジケート［新装版］』（講談社）

❄……………………

伊藤紺　いとう・こん

一九九三年生まれ、東京都出身。歌集『肌に流れる透明な気持ち』『満ちる腕』を私家版で刊行したのち、二〇二二年に短歌研究社より両作を商業出版として同時刊行。その他歌集に『気がする朝』。

P.10　もう！こんな〜

https://x.com/itokonda/status/80413

3686115348480

❄……………………

佐クマサトシ　さくま・さとし

一九九一年生まれ、宮城県出身。二〇一八年に平英之、N/W（永井亘）とともにWebサイト「TOM」を開設、二〇二〇年まで短歌作品を発表。歌集に『標準時』。

P.11　セーターを〜

『標準時』（左右社）

❄……………………

渡邊新月　わたなべ・しんげつ

二〇〇二年生まれ、茨城県出身。短歌結社「かりん」、「東京大学Q短歌会」所属。第六九回角川短歌賞受賞。

P.12　雪風の〜

「ここ」（朝日新聞二〇二三年一〇月一二日付夕刊「あるきだす言葉たち」）

❄……………………

鈴木加成太　すずき・かなた

一九九三年生まれ、愛知県出身。短歌結社「かりん」所属。第六一回角川短歌賞受賞。歌集に『うすがみの銀河』（第六七回現代歌人協会賞）。

P.13　雪に音階〜

『うすがみの銀河』（角川書店）

❄……………………

岡本真帆　おかもと・まほ

一九八九年生まれ、高知県出身。歌集に『水上バス浅草行き』『あかるい花束』。歌書に『歌集副読本『老人ホームで死ぬほどモテたい』と『水上バス浅草行き』を読む』（上坂あゆ美との共著）。

P.14　外に降る〜

『水上バス浅草行き』（ナナロク社）

❄……………………

郡司和斗　ぐんじ・かずと

一九九八年生まれ、茨城県出身。短歌結社「かりん」所属。第三九回かりん賞、第六二回短歌研究新

人賞、第四回口語詩句賞新人賞受賞。歌集に『遠い感』。
P.15　二階から〜
『遠い感』（短歌研究社）

❄

戸田響子　とだ・きょうこ
一九八一年生まれ、愛知県出身。第四回詩歌トライアスロン受賞。歌集に『煮汁』。
P.16　パルミジャーノ〜
『煮汁』（書肆侃侃房）

❄

秋月祐一　あきづき・ゆういち
一九六九年生まれ、神奈川県出身。短歌結社「未来」所属。「琥珀糖」主宰。歌集に『迷子のカピバラ』『この巻尺ぜんぶ伸ばしてみようよと深夜の路上に連れてかれてく』。
P.17　笑ひながら〜
『迷子のカピバラ』（風媒社）

❄

佐原キオ　さわら・きお
一九九五年生まれ、石川県出身。短歌結社「短歌人」所属。「のど笛」同人。第四回笹井宏之賞染野太朗賞受賞。
P.18　ですます調で〜
短歌ネットプリント「夕星パフェ」第二号

❄

安田茜　やすだ・あかね
一九九四年生まれ、京都府出身。「西瓜」同人。第四回笹井宏之賞神野紗希賞受賞。歌集に『結晶質』。
P.19　雪山を〜
『結晶質』（書肆侃侃房）

❄

光森裕樹　みつもり・ゆうき
一九七九年生まれ、兵庫県出身。第五四回角川短歌賞受賞。歌集に『鈴を産むひばり』（第五五回現代歌人協会賞）『うづまき管だより』（電子書籍）『山椒魚が飛んだ日』。
P.20　六面の〜

『鈴を産むひばり』（港の人）

❄

柴田葵　しばた・あおい

一九八二年生まれ、神奈川県出身。第一回笹井宏之賞大賞受賞。歌集に『母の愛、僕のラブ』。

P.21　まひるまに～

『母の愛、僕のラブ』（書肆侃侃房）

❄

小池光　こいけ・ひかる

一九四七年生まれ、宮城県出身。短歌結社「短歌人」所属。二〇一三年紫綬褒章、二〇二〇年旭日小綬章受章。第四〇回短歌研究賞受賞。歌集に『バルサの翼』（第二三回現代歌人協会賞）『廃駅』『日々の思い出』『草の庭』（第一回寺山修司短歌賞）『静物』（芸術選奨新人賞）『滴滴集』（第一六回斎藤茂吉短歌文学賞）『時のめぐりに』（第三九回迢空賞）『思川の岸辺』（第六七回読売文学賞）『サーベルと燕』（現代短歌大賞、第三八回詩歌文学館賞）など。評論集に『茂吉を読む　五十代五歌集』（第二回前川佐美雄賞）など著書多数。

P.22　雪に傘～

『バルサの翼』（沖積社）

❄

永井祐　ながい・ゆう

一九八一年生まれ、東京都出身。歌集に『日本の中でたのしく暮らす』『広い世界と2や8や7』（第二回塚本邦雄賞）。

P.23　君に会いたい～

『日本の中でたのしく暮らす』（短歌研究社）

❄

榊原紘　さかきばら・ひろ

一九九二年生まれ、愛知県出身。短詩集団「砕氷船」一員。第二回笹井宏之賞大賞受賞。歌集に『悪友』『koro』。歌書に『推し短歌入門』。

P.24　雪の染みた～

『悪友』（書肆侃侃房）

❄

谷川由里子　たにがわ・ゆりこ

一九八二年生まれ、神奈川県出身。第一回笹井宏之賞大森静佳賞受賞。歌集に『サワーマッシュ』。

P.25　心臓を～
『サワーマッシュ』（左右社）

❄

竹中優子　たけなか・ゆうこ

一九八二年生まれ、山口県出身。短歌結社「未来」所属。第六二回角川短歌賞、第六〇回現代詩手帖賞、第五六回新潮新人賞受賞。歌集に『輪をつくる』。詩集に『冬が終わるとき』。

P.26　少し遅れて～
『輪をつくる』（角川書店）

❄

藤本玲未　ふじもと・れいみ

一九八九年生まれ、東京都出身。「かばん」会員。歌集に『オーロラのお針子』。

P.27　またミラーボール～
『かばん』二〇一五年二月号

❄

千種創一　ちぐさ・そういち

一九八八年生まれ、愛知県出身・中東在住。二〇一三年第三回塔新人賞、二〇二一年現代詩「ユリイカの新人」受賞。歌集に『砂丘律』（第二二回日本歌人クラブ新人賞、第九回日本一行詩大賞新人賞）『千夜曳獏』。詩集に『イギ』。

P.31　アラビアに～
『砂丘律』（青磁社）

❄

正岡豊　まさおか・ゆたか

一九六二年生まれ、大阪府出身。歌集に『四月の魚』『白い箱』。一九九二年、別名義で第五回俳句空間新人賞受賞。

P.32　ねえ、きみを～
『四月の魚』（書肆侃侃房）

❄……………………………………

くどうれいん

一九九四年生まれ、岩手県出身。短歌結社「コスモス」所属。歌集に『水中で口笛』（工藤玲音名義）、東直子との共著『水歌通信』。小説『氷柱の声』（第一六五回芥川賞候補作）、エッセイ集『わたしを空腹にしないほうがいい』など著書多数。

P.33　東京の〜

『水中で口笛』（左右社）

❄……………………………………

吉田恭大　よしだ・やすひろ

一九八九年生まれ、鳥取県出身。歌集に『光と私語』。舞台製作者として、劇場の事業制作に携わる。

P.34　ふるさとの〜

『光と私語』（いぬのせなか座）

❄……………………………………

吉田隼人　よしだ・はやと

一九八九年生まれ、福島県出身。第五九回角川短歌賞受賞。歌集に『忘却のための試論』（第六〇回現代歌人協会賞）『霊体の蝶』。エッセイ集に『死にたいのに死ねないので本を読む』。

P.35　いもうとの〜

『忘却のための試論』（書肆侃侃房）

❄……………………………………

山中千瀬　やまなか・ちせ

一九九〇年生まれ、愛媛県出身。「唐崎昭子」名義でイラスト・装丁の活動も行う。

P.36　（ぼくたちは〜

『早稲田短歌』三九号

❄……………………………………

内山晶太　うちやま・しょうた

一九七七年生まれ、千葉県出身。短歌結社「短歌人」所属。「外出」「pool」同人。第一三回短歌現代新人賞受賞。歌集に『窓、その他』（第五七回現代歌人協会賞）。

P.37　人生は〜

『窓、その他』（書肆侃侃房）

❄

谷川電話　たにかわ・でんわ

一九八六年生まれ、愛知県出身。第六〇回角川短歌賞受賞。歌集に『恋人不死身説』『深呼吸広場』。

P.38　きみが雪だるま〜

『深呼吸広場』（書肆侃侃房）

❄

土井礼一郎　どい・れいいちろう

一九八七年生まれ、茨城県出身。「かばん」会員。第三七回現代短歌評論賞受賞。歌集に『義弟全史』。

P.39　嘘をつくたび〜

『義弟全史』（短歌研究社）

❄

井上法子　いのうえ・のりこ

一九九〇年生まれ、福島県出身。高校在学中に福島県文学賞（短歌部門）青少年奨励賞、同賞（詩部門）奨励賞受賞。歌集に『永遠でないほうの火』『すべてのひかりのために』。

P.40　きみには言葉が〜

『永遠でないほうの火』（書肆侃侃房）

❄

青松輝　あおまつ・あきら

一九九八年生まれ、大阪府出身。歌集に『4』。

P.41　声のない〜

『4』（ナナロク社）

❄

北山あさひ　きたやま・あさひ

一九八三年生まれ、北海道出身。短歌結社「まひる野」所属。第七回現代短歌社賞受賞。歌集に『崖にて』（第六五回現代歌人協会賞、第二七回日本歌人クラブ新人賞、第三六回北海道新聞短歌賞）『ヒューマン・ライツ』。

P.42　雪つぶて〜

『崖にて』（現代短歌社）

❄

初谷むい　はつたに・むい

一九九六年生まれ、北海道出身。歌集に『花は泡、そこにいたって会いたいよ』『わたしの嫌いな桃源郷』。

P.43　もういいよ～
『花は泡、そこにいたって会いたいよ』（書肆侃侃房）

❄

栗木京子　くりき・きょうこ

一九五四年生まれ、愛知県出身。短歌結社「塔」所属。現代歌人協会理事長。二〇一四年、紫綬褒章受章。歌集に『水惑星』（第一〇回現代歌人集会賞）『夏のうしろ』（第五五回読売文学賞詩歌俳句賞、第八回若山牧水賞）『けむり水晶』（第四一回迢空賞、第七回山本健吉文学賞、第五七回芸術選奨文部科学大臣賞）『ランプの精』（第六〇回毎日芸術賞）など。歌書に『うたあわせの悦び』『現代女性秀歌』など著書多数。

P.44　夢のなかに～
『中庭《パティオ》』（雁書館）

❄

笹井宏之　ささい・ひろゆき

一九八二年生まれ、佐賀県出身。第四回歌葉新人賞受賞。二〇〇七年、短歌結社「未来」入会。同年、未来賞受賞。二〇〇九年逝去。歌集に『えーえんとくちから』『ひとさらい』『てんとろり』。

P.45　さようならが～
『えーえんとくちから』（ちくま文庫）

❄

乾遥香　いぬい・はるか

一九九六年生まれ、東京都出身。「ぬばたま」「GEM」同人。第二回笹井宏之賞染野太朗賞、第三回笹井宏之賞大賞、第三回BR賞受賞。

P.46　かじかんだ～
『ぬばたま』創刊号

❄……………………………………

小林朗人　こばやし・あきと

京大短歌出身。元「穀物」「率」同人。

P.47　冬の井戸〜

『穀物』創刊号

❄……………………………………

北辻一展　きたつじ・かずのぶ

一九八〇年生まれ、大阪府出身。短歌結社「塔」所属。歌集に『無限遠点』（第六六回現代歌人協会賞）。

P.48　吹雪の日は〜

『無限遠点』（青磁社）

❄……………………………………

絹川柊佳　きぬがわ・しゅうか

第五九回短歌研究新人賞受賞。歌集に『短歌になりたい』。

P.49　会えないことが〜

『短歌になりたい』（短歌研究社）

❄……………………………………

千葉聡　ちば・さとし

一九六八年生まれ、神奈川県出身。「かばん」会員。第四一回短歌研究新人賞受賞。歌集に『微熱体』『飛び跳ねる教室・リターンズ』『今日の放課後、短歌部へ！』『短歌は最強アイテム』など。編著に短歌アンソロジー『短歌タイムカプセル』（東直子、佐藤弓生との共編著）『短歌研究ジュニア　はじめて出会う短歌１００』『スペース短歌』（初谷むい、寺井龍哉との共著）など著書多数。

P.50　雪の夜〜

『そこにある光と傷と忘れもの』（風媒社）

❄……………………………………

枡野浩一　ますの・こういち

一九六八年生まれ、東京都出身。歌集に『てのりくじら』『ドレミふぁんくしょんドロップ』『ますの。』『歌ロングロングショートソングロング』『毎日のように手紙は来るけれどあなた以外の人からである　枡野浩一全短歌集』。小説『ショートソング』、歌書『かんたん短歌の作り方』など著書多数。二〇一一年、「踊る！ヒット賞!!」二〇二二年、小沢健二とスチャダラパーが選ぶ「今夜は短歌で賞」受賞。二〇二四年よりタイタン所属のピン芸人としても活動。

P.51　そしてまた～

『毎日のように手紙は来るけれどあなた以外の人からである　枡野浩一全短歌集』（左右社）

❄

藪内亮輔　やぶうち・りょうすけ

一九八九年生まれ、京都府出身。短歌結社「塔」所属。二〇一二年、塔短歌賞、第五八回角川短歌賞受賞。歌集に『海蛇と珊瑚』（第四五回現代歌人集会賞）。『心臓の風化』。

P.52　暗やみに～

『海蛇と珊瑚』（角川書店）

❄

瀬戸夏子　せと・なつこ

一九八五年生まれ。歌集に『そのなかに心臓をつくって住みなさい』『かわいい海とかわいくない海 end.』。評論集に『現実のクリストファー・ロビン　瀬戸夏子ノート 2009-2017』、読書日記に『白手紙紀行』、現代短歌ブックガイド『はつなつみずうみ分光器 after 2000 現代短歌クロニクル』編著など。

P.53　ではなく雪は～

『そのなかに心臓をつくって住みなさい』（私家版）

❄

紀野恵　きの・めぐみ

一九六五年生まれ、徳島県出身。「七曜」「未来」所属。歌集に『さやと戦げる玉の緒の』『フムフムランドの四季』『午後の音楽』『白猫倶楽部』『遺唐使のものがたり』など多数。

P.54　音楽の～

『紀野恵歌集』（砂子屋書房）

阿波野巧也　あわの・たくや

一九九三年生まれ、大阪府出身。「羽根と根」同人。第五回塔新人賞、第一回笹井宏之賞永井祐賞受賞。歌集に『ビギナーズラック』。

P.55　頭の中で〜

『ビギナーズラック』(左右社)

はだし

ネット短歌結社「なんたる星」所属。

P.59　もう二度と〜

https://x.com/hadashinomanmay/status/1520776543986851840

笠木拓　かさぎ・たく

一九八七年生まれ、新潟県出身。「遠泳」同人。歌集に『はるかカーテンコールまで』(第二回高志の国詩歌賞、第四六回現代歌人集会賞)。

P.60　雪の朝〜

『はるかカーテンコールまで』(港の人)

田村穂隆　たむら・ほだか

一九九六年生まれ、島根県出身。短歌結社「塔」所属。歌集に『湖《うみ》とファルセット』(第四八回現代歌人集会賞、第六七回現代歌人協会賞)。

P.61　浴槽に〜

『湖《うみ》とファルセット』(現代短歌社)

上坂あゆ美　うえさか・あゆみ

一九九一年生まれ、静岡県出身。歌集に『老人ホームで死ぬほどモテたい』。歌書に『歌集副読本『老人ホームで死ぬほどモテたい』と『水上バス浅草行き』を読む』(岡本真帆との共著)、エッセイ集に『地球と書いて〈ほし〉って読むな』。

P.62　うちに来る?〜

『老人ホームで死ぬほどモテたい』(書肆侃侃房)

❄…………………………………

石井僚一　いしい・りょういち

一九八九年生まれ、北海道出身。第五七回短歌研究新人賞受賞。歌集に『死ぬほど好きだから死なねーよ』、『目に見えないほどちいさくて命を奪うほどのさよなら』『・』（ともに電子書籍）。

P.63　きみが死ねば～

『死ぬほど好きだから死なねーよ』（短歌研究社）

❄…………………………………

辻聡之　つじ・さとし

一九八三年生まれ、愛知県出身。短歌結社「かりん」編集委員、「短歌ホリック」同人。第三四回かりん賞受賞。歌集に『あしたの孵化』。

P.64　ふれた途端～

『あしたの孵化』（短歌研究社）

❄…………………………………

平岡直子　ひらおか・なおこ

一九八四年生まれ、長野県出身。「外出」同人。第二三回歌壇賞受賞。歌集に『みじかい髪も長い髪も炎』（第六六回現代歌人協会賞）。二〇一五年から川柳作家としても活動。川柳句集に『Ladies and』。

P.65　ふるえつつ～

『みじかい髪も長い髪も炎』（本阿弥書店）

❄…………………………………

山川藍　やまかわ・あい

一九八〇年生まれ、愛知県出身。歌集に『いらっしゃい』。『いまドキ語訳越中万葉』『現代短歌パスポート3』などに寄稿。

P.66　雪道で～

『いらっしゃい』（角川書店）

❄…………………………………

西村曜　にしむら・あきら

一九九〇年生まれ、滋賀県出身。短歌結社「未来」所属。歌集に『コンビニに生まれかわってしまっても』。

P.67　コピー機を～

『コンビニに生まれかわってしまって

も』（書肆侃侃房）

❄

島楓果　しま・ふうか

一九九九年生まれ、富山県出身。「第一回ナナロク社あたらしい歌集選考会」で木下龍也により選出。歌集に『すべてのものは優しさをもつ』。

P.68　新雪に〜

『すべてのものは優しさをもつ』（ナナロク社）

❄

石畑由紀子　いしはた・ゆきこ

一九七一年生まれ、北海道出身。短歌結社「未来」所属。歌集に『エゾシカ／ジビエ』（第三八回北海道新聞短歌賞）。詩人としても活動。詩集に『静けさの中の』。

P.69　珈琲に〜

『エゾシカ／ジビエ』（六花書林）

❄

竹内亮　たけうち・りょう

一九七三年生まれ、茨城県出身。短歌結社「塔」所属。第四二回現代短歌評論賞受賞。歌集に『タルト・タタンと炭酸水』。

P.70　留守番を〜

『タルト・タタンと炭酸水』（書肆侃侃房）

❄

中村森　なかむら・もり

島生まれ、東京都出身。歌集に『太陽帆船』。

P.71　好きだから〜

『太陽帆船』（KADOKAWA）

❄

橋爪志保　はしづめ・しほ

一九九三年生まれ、京都府出身。「羽根と根」「のど笛」「ジングル」同人。第二回笹井宏之賞永井祐賞受賞。歌集に『地上絵』。

P.72　いちめんの〜

『地上絵』（書肆侃侃房）

❄……………………………………………

俵万智　たわら・まち

一九六二年生まれ、大阪府出身。短歌結社「心の花」所属。第三二回角川短歌賞受賞。第一歌集『サラダ記念日』（第三二回現代歌人協会賞）がベストセラーとなり、現在二八五万部と世代を超えて読み継がれている。その他の歌集に『かぜのてのひら』『チョコレート革命』『プーさんの鼻』『オレがマリオ』『未来のサイズ』（第五五回迢空賞）『アボカドの種』。エッセイに『あなたと読む恋の歌百首』『たんぽぽの日々』など著書多数。

P.73　頬の雪〜

『かぜのてのひら』（河出書房新社）

❄……………………………………………

江戸雪　えど・ゆき

一九六六年生まれ、大阪府出身。「西瓜」「Lily」同人。歌集に『百合オイル』『椿夜』（二〇〇一年咲くやこの花賞文芸部門受賞、第一〇回ながらみ現代短歌賞受賞）『Door』『駒鳥《ロビン》』『声を聞きたい』『カーディガン』、短歌入門書『今日から歌人！』など。

P.74　いつのまに〜

『百合オイル』（砂子屋書房）

❄……………………………………………

鈴木晴香　すずき・はるか

一九八二年生まれ、東京都出身。短歌結社「塔」所属。京都大学芸術と科学リエゾンライトユニット、「西瓜」同人。二〇一九年、パリ短歌イベント短歌賞にて在フランス日本国大使館賞受賞。歌集に『夜にあやまってくれ』『心がめあて』『荻窪メリーゴーランド』（木下龍也との共著）。

P.75　白ければ〜

『心がめあて』（左右社）

❄……………………………………………

魚村晋太郎　うおむら・しんたろう

一九六五年生まれ、神奈川県出身。短歌結社「玲瓏」所属。歌集に『銀耳』（第三〇回現代歌人集会賞）『花柄』『バックヤード』。

P.76　遠い嫉妬が〜

『銀耳』（砂子屋書房）

田中槐　たなか・えんじゅ

一九六〇年生まれ、静岡県出身。短歌結社「未来」所属。第三八回短歌研究新人賞受賞。歌集に『ギャザー』『退屈な器』『サンボリ酢ム』。

P.77　逃げてゆく〜

『ギャザー』（短歌研究社）

田丸まひる　たまる・まひる

一九八三年生まれ、徳島県出身。短歌結社「未来」所属。「七曜」同人。二〇一二年、未来賞受賞。歌集に『晴れのち神様』『硝子のボレット』『ピース降る』。

P.78　いいよ　息を〜

『硝子のボレット』（書肆侃侃房）

黒瀬珂瀾　くろせ・からん

一九七七年生まれ、大阪府出身。短歌結社「未来」所属。「読売歌壇」選者。歌集に『黒耀宮』（第一一回ながらみ書房出版賞）『空庭』『蓮喰ひ人の日記』（第一四回前川佐美雄賞）『ひかりの針がうたふ』（第二六回若山牧水賞）。歌書に『街角の歌』など。

P.79　君がゐる〜

『黒耀宮』（泥文庫）

早坂類　はやさか・るい

山口県出身。歌集に『風の吹く日にベランダにいる』『黄金の虎／ゴールデンタイガー』『早坂類自選歌集』『ヘヴンリー・ブルー』。現代詩、小説など多ジャンルで活動。小説『ルピナス』『睡蓮』など。青木景子名義での著書もある。

P.80　目の中に〜

『早坂類自選歌集』（RANGAI文庫）

❄……………………………………

佐伯紺　さえき・こん

一九九二年生まれ。「羽根と根」同人。第二五回歌壇賞受賞。

P.81　降ったけど〜

『羽根と根』10号

❄……………………………………

我妻俊樹　あがつま・としき

一九六八年生まれ。神奈川県出身。歌集に『カメラは光ることをやめて触った』。二〇〇五年に第三回ビーケーワン怪談大賞を受賞、怪談作家としても活動。

P.82　もう一度〜

https://x.com/agtmtsk_bot/status/1598137845365235713

❄……………………………………

飯田有子　いいだ・ありこ

一九六八年生まれ。歌集に『林檎貫通式』。

P.83　雪まみれの〜

『林檎貫通式』（書肆侃侃房）

❄……………………………………

鈴木ちはね　すずき・ちはね

一九九〇年生まれ。「稀風社」「天国歌会」同人。第二回笹井宏之賞大賞受賞。歌集に『予言』。

P.87　雪はまず〜

『予言』（書肆侃侃房）

❄……………………………………

岡崎裕美子　おかざき・ゆみこ

一九七六年生まれ。短歌結社「未来」所属。二〇〇一年、未来年間賞受賞。歌集に『発芽』『わたくしが樹木であれば』。

P.88　夕方の〜

『わたくしが樹木であれば』（青磁社）

❄……………………………………

堂園昌彦　どうぞの・まさひこ

一九八三年生まれ、東京都出身。

「pool」同人。歌集に『やがて秋茄子へと到る』。

P.89　死ぬ気持ち～

『やがて秋茄子へと到る』（港の人）

❄

木下龍也　きのした・たつや

一九八八年生まれ、山口県出身。歌集に『つむじ風、ここにあります』『きみを嫌いな奴はクズだよ』『玄関の覗き穴から差してくる光のように生まれたはずだ』（岡野大嗣との共著）『オールアラウンドユー』『荻窪メリーゴーランド』（鈴木晴香との共著）。短歌入門書『天才による凡人のための短歌教室』、「お題」を受けて作歌する、短歌の個人販売プロジェクトを書籍化した『あなたのための短歌集』、『すごい短歌部』など著書多数。

P.90　ぼくなんかが～

『きみを嫌いな奴はクズだよ』（書肆侃侃房）

❄

天野慶　あまの・けい

一九七九年生まれ、東京都出身。短歌結社「短歌人」所属。歌集に『テノヒラタンカ』『つぎの物語がはじまるまで』など。絵本に『だめだめママだめ！』（絵・はまのゆか）など著書多数。かるた『はじめての百人一首』考案、カードゲーム『57577　ゴーシチゴーシチシチ』（原案／ゲームデザイン・なべとびすこ）ゲームデザインなど。

P.91　君とした～

『つぎの物語がはじまるまで』（六花書林）

❄

東直子　ひがし・なおこ

一九六三年生まれ、広島県出身。「かばん」会員。第七回歌壇賞受賞。歌集に『春原さんのリコーダー』『青卵』『回転ドアは、順番に』（穂村弘との共著）『水歌通信』（くどうれいんとの共著）、歌書に『短歌の時間』『現代短歌版百人一首』など。小説、児童文学、詩、イラストレーションなど多ジャンルで活動。小説『とりつくしま』『ひとっこひとり』『フランネルの紐』、エッセイ集『魚を抱いて』、詩集『朝、空が見えます』など著書多数。

P.92 猛烈な〜
『十階』（ふらんす堂）

❄

立花開　たちばな・はるき

一九九三年生まれ、愛知県出身。短歌結社「まひる野」所属。第五七回角川短歌賞受賞。歌集に『ひかりを渡る舟』（第一二回中日短歌賞、第二回日本短歌雑誌連盟新人賞）。

P.93 求めるだけ〜
『ひかりを渡る舟』（角川書店）

❄

法橋ひらく　ほうはし・ひらく

一九八二年生まれ、大阪府出身。歌集に『それはとても速くて永い』。

P.94 雪になれば〜
『かばん』二〇一九年三月号

❄

山田航　やまだ・わたる

一九八三年生まれ、北海道出身。「かばん」会員。第五五回角川短歌賞、第二七回現代短歌評論賞受賞。歌集に『さよならバグ・チルドレン』（第二七回北海道新聞短歌賞、第五七回現代歌人協会賞）『水に沈む羊』『寂しさでしか殺せない最強のうさぎ』。短歌アンソロジー『桜前線開架宣言 Born after 1970 現代短歌日本代表』編著など。

P.95 犀ねむる〜
『寂しさでしか殺せない最強のうさぎ』
（書肆侃侃房）

❄

toron*　とろん

大阪府出身。短歌結社「塔」、短歌ユニット「たんたん拍子」「Orion」

所属。第一四回塔新人賞受賞。歌集に『イマジナシオン』。

P.96　クリームを〜

『イマジナシオン』（書肆侃侃房）

❄

牛隆佑　うし・りゅうすけ

一九八一年生まれ、大阪府出身。木下こう『体温と雨』の私家版での再版や、「犬と街灯」での私家版歌集についての活動を行う。歌集『鳥の跡、洞の音』を私家版で刊行。

P.97　町の雪は〜

『鳥の跡、洞の音』（私家版）

❄

岡野大嗣　おかの・だいじ

一九八〇年生まれ、大阪府出身。歌集に『サイレンと犀』『たやすみなさい』『玄関の覗き穴から差してくる光のように生まれたはずだ』（木下龍也との共著）『音楽』『うれしい近況』。短歌×散文集『うたたねの地図　百年の夏休み』など著書多数。

P.98　人が嫌いで〜

『うれしい近況』（太田出版）

❄

笹川諒　ささがわ・りょう

長崎県出身。短歌結社「短歌人」所属。歌集に『水の聖歌隊』（第四七回現代歌人集会賞）。

P.99　あなたが〜

『水の聖歌隊』（書肆侃侃房）

❄

吉岡太朗　よしおか・たろう

一九八六年生まれ、石川県出身。第五〇回短歌研究新人賞受賞。歌集に『ひだりききの機械』『世界樹の素描』。

P.100　見えるって〜

『ひだりききの機械』（短歌研究社）

❄

大森静佳　おおもり・しずか

一九八九年生まれ、岡山県出身。短歌結社「塔」所属。第五六回角川短歌賞受賞。歌集に『てのひらを燃やす』『カミーユ』『ヘクタール』（第四回塚本邦雄賞）。歌書に『この世の息　歌人・河野裕子論』。

P.101　われの生まれる〜
『てのひらを燃やす』（角川書店）

❄……………………

田宮智美　たみや・ともみ

一九八〇年生まれ、山形県出身。短歌結社「塔」所属。歌集に『にず』、共著に『３６５３日目〈塔短歌会・東北〉震災詠の記録』。

P.102　晴れた日は〜
『にず』（現代短歌社）

❄……………………

小島なお　こじま・なお

一九八六年生まれ、東京都出身。短歌結社「コスモス」所属。第五〇回角川短歌賞受賞。歌集に『乱反射』（第八回現代短歌新人賞、第一〇回駿河梅花文学賞、桐谷美玲主演・谷口正晃監督により映画化）『サリンジャーは死んでしまった』『展開図』。歌書に『短歌部、ただいま部員募集中！』（千葉聡との共著）。

P.103　そのなかに〜
『展開図』（柊書房）

❄……………………

荻原裕幸　おぎはら・ひろゆき

一九六二年生まれ、愛知県出身。「東桜歌会」主宰、同人誌「短歌ホリック」発行人。第三〇回短歌研究新人賞、名古屋市芸術奨励賞受賞。歌集に『青年霊歌』『甘藍派宣言』『あるまじろん』『世紀末くん！』『デジタル・ビスケット』『リリカル・アンドロイド』（第一一回中日短歌大賞）『永遠よりも少し短い日常』。

P.104　どこもかしこも〜
『永遠よりも少し短い日常』（書肆侃侃房）

❄……………………………………

錦見映理子　にしきみ・えりこ

一九六八年生まれ、東京都出身。短歌結社「未来」所属。歌集に『ガーデニア・ガーデン』、歌書に『めくるめく短歌たち』。小説家としても活動。小説に『リトルガールズ』（第三四回太宰治賞）『恋愛の発酵と腐敗について』。

P.105　トナカイの～

『ガーデニア・ガーデン』（本阿弥書店）

❄……………………………………

上篠翔　かみしの・かける

短歌結社「玲瓏」所属。「粘菌歌会」主催。第二回石井僚一短歌賞、第三四回緑珠賞受賞。歌集に『エモーショナルきりん大全』。

P.106　にせものの～

『エモーショナルきりん大全』（書肆侃侃房）

❄……………………………………

永井亘　ながい・わたる

第九回現代短歌社賞受賞。二〇一八年に平英之、佐クマサトシとともにWebサイト「TOM」を開設、二〇二〇年までN/W名義で短歌作品を発表。歌集に『空間における殺人の再現』。

P.107　夕焼けを～

『空間における殺人の再現』（現代短歌社）

❄……………………………………

鳥さんの瞼　とりさんのまぶた

神奈川県出身。歌集に『死のやわらかい』。

P.108　にんげんが～

「うたの日」二〇二四年一月一九日

お題「喩」

❄……………………………………

川野芽生　かわの・めぐみ

一九九一年生まれ、神奈川県出身。小説家、文学研究者としても活動。第二九回歌壇賞受賞。歌集に『Lilith』（第六五回現代歌人協会賞）

『星の嵌め殺し』など。小説に『無垢なる花たちのためのユートピア』『月面文字翻刻一例』『奇病庭園』『Blue』(第一七〇回芥川賞候補作)、エッセイ集『かわいいピンクの竜になる』など。

P.109　スノードームの〜
『星の嵌め殺し』(河出書房新社)

❄……………………

丸山るい　まるやま・るい

一九八四年生まれ。短歌結社「短歌人」所属。第二十二回高瀬賞受賞。短歌二人誌『奇遇』を岡本真帆と発行。

P.110　その町の〜
『奇遇』(私家版)

❄……………………

飯田彩乃　いいだ・あやの

一九八四年生まれ、神奈川県出身。短歌結社「未来」所属。第二七回歌壇賞受賞。歌集に『リヴァーサイド』。

P.111　門口を〜
『リヴァーサイド』(本阿弥書店)

雪のうた

二〇二四年十二月十九日　第一刷発行
二〇二五年五月二十三日　第二刷発行

編　者　左右社編集部
編　集　筒井菜央
装　幀　脇田あすか

発行者　小柳学
発行所　株式会社左右社
東京都渋谷区千駄ヶ谷三丁目五五・一二
ヴィラパルテノンB1
TEL　〇三・五七八六・六〇三〇
FAX　〇三・五七八六・六〇三二
https://www.sayusha.com

印刷所　創栄図書印刷株式会社